Hans Wolfgang Wolff

Frankforder Gebabbel

Hans Wolfgang Wolff

Frankforder Gebabbel

Mit Zeichnungen von
Ludwig Nardelli

SOCIETÄTS
VERLAG

Autor und Illustrator bedanken sich herzlich
bei Rita und Maja für Rat und Tat

Satz: Nicole Ehrlich, Societäts-Verlag
Umschlaggestaltung: Nicole Ehrlich, Societäts-Verlag
Umschlagabbildung: © burak çakmak - Fotolia.com
Druck und Verarbeitung: CPI – Ebner & Spiegel, Ulm
Printed in Germany 2013

ISBN 978-3-95542-041-3

Inhaltsverzeichnis

In eischner Sach

In Frankfort hawwe viel Poede
Gedischdscher gschriwwe. Net nur Geede.
Manschmaa aach uff Frankforderisch.
So wie de Stoltze. Un wie isch.

In Frankfort dehaam

**Des Gude lischt eim hier so nah,
de Reemerbersch, de Dom, de Maa,
de Lohrbersch un die Niddaaue
fer Fahrradtourn enaus ins Blaue.
De Abbel fällt net weit vom Baam,
am schönnste isses doch dehaam.**

Sexy Mainhattan

Mer glaabts net, wemmers net gesehe hat:
Turisde haufeweis in unsre Schdadt!
Franzose, Schweizer un Jabbaner,
Schinneese, Russe, Koreaner.
Fraue, schdreng verhillt, bis uff die Aache,
Männer die wo Turban traache,
schwazze Leut aus Afrika,
Wuschelkepp aus Sumatra –
Kaan aaner, dem's hier net gefellt!

Mir sinn de Nawwel von de Welt.

Nix geesche die annern

Ihm wollt es net in de Kopp enei:
Wie konnt nur en Mensch net von Frankfort sei!
Doch wär de aale Stoltze noch emaa hier,
midde Ohrn deet er schlaggern, glauwe Se's mir.
Mir eschte Frankforder – ja es duut mer leid -,
mir wern mehr un mehr zuerer Minderheit.
Warum? Ei, die Mehrheit sinn Eigeblackte!
Des glauwe Se net? Des sinn awwer Fakte.
Fahn se maa U-Bahn. Wie die Faahgest da schwetze,
des duut eim sei Ohrn schon manschmaa verletze.
Isch selwer persönlisch redd gern Dialekt,
awwer Secksisch hat mer noch nie geschmeckt.
Nix geesche die Sackse! Un nix geesche Berliner
un Schwabe un Bajern un annre Schlawiener.
Isch hab aach nix geesche Assilande

un dene ihr Ommas un fuffzisch Verwandte.
Isch schweisch aach von Ghanaer un von Albaner,
Schinese, Libbanese un Marogganer.
Un eh ischs vergess zu bemerke:
Isch hab absolud nix geesche die Terke!

Doch wär de aale Stoltze noch emaa hier,
midde Ohrn deet er schlaggern, glauwe Se's mir.

Immer debei

E Eitrachtschbiel am Wocheend,
wo's halwe Frankfort hiegerennt:
Gab's daadenaach e Keilerei,
de Willi, der war aach debei.

E Bütteredd an Fassenacht,
wo mer sisch halwer doodgelacht:
Gab's hinnerher e Sauferei,
de Willi, der war aach debei.

Geborzdaache, Befödderung,
Hochzeide, Väabschiedung:
Gab's aaschließend e Feierei,
de Willi, der war aach debei.

Ob hibb de Bach, ob dribb de Bach,
wo ebbes los war, war's sei Sach.
Beerdischt hammern heut um drei.
Da war de Willi aach debei.

Net anners zu erwadde

Dem Schorsch aus Offebach isses uffgefalle,
dass, wenner mit Frankfordern schwetzt, beinah alle
irschendwann zu em saache: „Ach,
gelle, Sie sinn von Offebach?“

Woher kimmt des bloß, hat unsern Schorsch sich gefraacht,
un die Fraach hat wochelang annem genaacht.
Ob mein Offebecher Dialekt
sisch net ganz mit dem Frankforder deckt?

Also kaafter e CD middem Haufe Schbrisch
in garandiert völlisch reinem Frankforderisch.
Dann iebter zwaa Woche odder drei
un geht innen Frankforder Lade nei.

Dort sächter: „Isch hätt gern e halb Pund Lewwerworscht.“
Was maane Sie, wie des Frollein uffgehorscht!
Sie guggt de Schorsch aa un sächt: „Ach,
gelle, Sie sinn von Offebach?“

De Schorsch: „Des gibt’s net! Wie hawwe Se des errade?“
„Ja no, Sie sinn doch hier innem Blummelade!“

Was maane Sie?

Wenn Rente sinke, Schdeuern schdeische,
wenn Firme dauernd Schdelle schdreische,
könnt mer schonn maa de Mut verliern
un brääbele un lamendiern.

Doch schdatt sisch driwwer uffzureesche,
könnt mer sisch ja ma iwwerleesche,
wie's eim am End vom Kriesch ergange,
als mer bei Null neu aagefange.

Da war Frankfort e Trimmerfeld
un mir verhasst in aller Welt,
Familje ausenannerg'risse,
die Zukunft ganz im Ungewisse.

Des war e forschbar schlimme Zeit.
Sie is schon lang Vergangeheit.
Wer se net ganz vergisst, verschdeht,
wie gut's uns eischendlisch heut geht.

Frankforder Wocheend

Vergniesche mescht beschdimmt e Faht
mit e paar Freunde uffem Rad,
zum Beischbiel von de Friedensbrick
zur Gerbermiehl, hie un zurick.

Da grieße euch uff euerm Weesch
des Schdedel un de Holbeischdeesch
un scheene Term von unsere Schdatt,
wie Paulskersch un Sangt Leonhatt.

Is dann die Gerbermiehl erreischt,
foddograffiert mer Sie vielleischt
als Siescher uff dem Denkmalschdei
un schbritzt Sie voll mit Ebbelwei.

Wenn jetz ihrn Bauch zu knorrn aafängt
un nunner uff ihr Schdiwwel hängt,
zum Restorang dann nix wie los:
hier gibt's DIE Frankforder Grie Soß!

Innem Museum rumzulaafe
schdatt sonndaachs rischdisch auszuschlafe,
des kost aan viel an Enerschie –
wie isch Sie kenn, die habbe Sie.

Des Schdedel kennt isch sehr emfehle.
Da henge innem Haufe Säle
die schennsde Bilder weit un breit
aus aaler un aus neuer Zeit.

Sinn Ihne einische bekannt?
Gleisch vorne an de Eigangswand
hengt aans, des kennt mer ja ganz gut:
en Dischder middem schebbe Hut.

Bei de Viescher

Des schennste fer die Kinner, des is wo?
Fer misch kei Fraach: des is de Zoo!
Dort sehnse Kengurus rumhibbe
un Kücke aus de Eier schlibbe.

Wie schee, wenn Faue Reeder schlaache
un Biber an de Schdemm rumnaache,
wenn Kolibris an Blimmscher sauche
un Tiescher dorsch ihr Gidder fauche!

De Zoo mescht aach Erwachsne froh.
Es leuscht aam widder ei, wieso
mir ganze Mensche allzusamme
urschbrünglisch von de Affe schdamme.

Sachsehäuser Schbrisch

Neulisch war isch mit meim Freund, dem Seppel,
beim Äbbelwei im Kanonesteppel.
Des waa wie im Kinno. Am Newedisch
waan Sachsehäuser ganz unner sisch,
hawwe aan Schobbe nachem annern gepetzt
un im schennste Frankforderisch geschwetzt.
Des beste defoo habbich uffgeschriwwe,
sonst wärs vielleischt net henge gebliwwe.
Mei Nodditze habbisch hier so verleimt,
dessisch des Ganze e bissi reimt.

Da hammer uns de Ranze vollgeschlaache!
Dem Kerl deet isch e paa uff die Backe haache!
Des kimmt dadefoo un dessdeweesche!
Erst gaggern un dann kaa Eier leesche!
Schdatt immer nur bleede Schbrisch zu klobbe,
soll der lieber in seim Gadde Unkraut robbe!
Die fressemer noch die Haan vom Kopp!
Jetz verkrimmelemer uns, alla hopp!

Unser Wasserhäusje

Brauch unseraans emal e Päusje,
dann machter schnell zum Wasserhäusje.
Die wo dort schdehn, sinn eim net fremd,
weil mer dort oft zusammekemmt.

Was uns vereint, des is bekannt:
Es is de Dorscht, der Kehle Brand.
Dehaam is eim des Bier verwehrt?
Hier net. Hier tankt mer ungeschdeert.

Mer kann derweil mit annern schwetze,
kann schenne, meckern, protze, hetze
uff Leut, die wo eim gaa net basse,
un orndlisch maa die Sau rauslasse.

Es geht halt nix iwwer e Päusje
an unserm klaane Wasserhäusje!

KIOSK
BILD

Wie gut kenne Sie Frankfort?

Vor diesem klaane Frankfortquiz hat hoffendlisch kaan Leser Schiss. Wer alle Andworde gleisch kennt, verdient e Extrakombliment.

Frankfortquiz 1

Wo gibt's Emfeng fer Vieh-ei-pies?
Wo bret mer maa en Ochs am Schbieß?
Wo schbeit en Brunne manschmaa Wei?
Wo gibt's Touristedrengelei?
Wo deet mer – nur maa aagenomme,
de Pabst deet gern nach Hesse komme –
dem Heilsche Vadder wohl begeeschne?
Wo deet er vom Balkong uns seeschne?

Frankfortquiz 2

Es gibt en Torm in unsre Schdatt,
der ebbes ganz Besonnres hat:
e Wetterfähnsche obbedruff.
Guggt mer emaa genau enuff,
sieht mer neun Löschelscher dadrin.
Die schoss en Wilddieb einst eninn
un hat damit sein Hals gerett. –
Wer des net glaabt, der glaabts halt net.

Frankfortquiz 3

Des Bauwäck schdeht ganz discht am Fluss.
Es dient dem hehere Kunstgenuss.
Von dene Bilder, wo da hänge,
duhn vier sisch hier nach vorne dränge:
En Mann middm Blimmsche in de Hand.
En weiße Hund middm blaue Band.
En Holländer middre offne Schnut.
En Dischder middm schebbe Hut.

Frankfortquiz 4

Uff ihr kimmt mer eniwwer
un eweso eriwwer.
Erst warse hölzern, dann aus Schdaa,
kabuttgheschbrengt warse aach emaa.
De Geede hatse sehr geschätzt
un alsemaa von ihr geschwätzt.
Gemalt isse worn vonnem Franzos.
Verdeppel aach, wie haaßtse bloß?

Frankfortquiz 5

Vorm Kriesch gabs von mir viele hunnert,
die ganze Welt hatse bewunnert.
Nur isch bin iwwrisch, isch allaa,
am Fahrtor aans, gleisch newerm Maa.

Frankfortquiz 6

Sie lieht net nördlisch, sonnern südlisch.
Heut achelt mer dort schee gemüdlisch.
Wer Lust hat, schdellt sisch neweaa
uff so en klaane Denkmalschdaa
un lässt sisch nachem Schnawweliern
als Held des Taachs foddograffiern.
Herr Geede fand die Zeit dort köstlisch
un schrieb dariwwer einst west-östlisch.

Frankfortquiz 7

Des alles is kaan Hokuspokus:
Hier gibt's en eschde Diplodocus,
mer glaabts net, zwanzisch Meter lang,
da wird aam heut noch angst un bang!

Beim Aablick seines Riesekopps
graust eim vorm Triceratops.
Mordshörner iwwer Nas un Aache –
den hätt kaan Jääscher doodgehaache!

Frankfortquiz 8

Der Bersch, der is zwaa kaan Moo Blaa,
doch dadefer lischter schee nah.
Mer kannen miehelos erreische
un ohne Seilschafte beschdeische.
Ganz in de Neh, da gibt's en Hang,
den leeft mer aach gern maa endlang
un guggt in all die Beem enei:
Dort wechst ebbes fern Ebbelwei!

Frankfortquiz 9

Ach, Ihr Werschdscher, Ebbel, fei Gemies,
ihr Leggereie, sauer, sieß!
Endzickt geht mer von Schdand zu Schdand
un fiehlt sisch im Schlaraffeland.

Es hannelt sisch in unserm Fall,
um was, ihr Leut? Die ......

Frankfortquiz 10

Fehlt Sauerstoff in ihre Lunge?
Dann schnell emaa uffs Rad geschwunge
un nix wie fort, enaus ins Blaue,
zum Beischbiel in gewisse Aue.

Dort sehnse Kids mit ihre Middern
die Meewe un die Endscher fiddern.
Die Buwe lasse Drache schdeie,
un Hundscher renne rum im Freie.

Befellt sie Dorscht, bleiwese gelasse,
mer brauch den net weit komme lasse.
Es gibt dort Werdschafde, zwaa odder drei,
mit ausreischend viel Ebbelwei.

Frankfortquiz - Schlüssel

(1) Römer und Römerberg	Wahrzeichen Frankfurts und seine „Gut Stubb"
(2) Eschenheimer Turm	Schönster Turm der einstigen Stadtbefestigung, im frühen 15. Jahrhundert, von Madern Gerthener erbaut
(3) Städelsches Kunstinstitut	Kurz „Städel" genannt. Fast alle Kunstepochen sind hier mit hervorragenden Werken vertreten

a) Hans Holbein d.J.: Bildnis des Simon George of Cornwall
b) Franz Marc: Weißer Hund
c) Adriaen Brouwer: Der bittere Trank
d) Tischbein: Goethe in der römischen Campagna

(4) Die Alte Brücke	Gustave Courbet, Blick auf Frankfurt (im Städel)
(5) Haus Wertheim	Einziges mittelalterliches Fachwerkhaus Frankfurts, das den Bombenkrieg überstanden hat
(6) Die Gerbermühle	Goethe war 1815 dort zu Gast in der Sommerresidenz von Johann Jakob und Marianne von Wille-

	mer, mit der er zu jener Zeit einige Lieder der im West-Östlichen Divan vereinigten Lieder wechselte
(7) Naturmuseum Senckenberg	Mit weltbekannten „DINOS“ wie Donnerechse (Diplodocus) und Dreihorn (Triceratops)
(8) Lohrberg und Berger Hang	Der Lohrberg liegt bei Seckbach an der höchsten Stelle des Frankfurter Stadtgebiets (180 m ü. M.)
(9) Die „Klaamackthall“	= Kleinmarkthalle, zwischen Hasengasse und Ziegelgasse gelegen
(10) Die Niddaauen	Beliebtes Naherholungsgebiet zwischen Praunheim, Ginnheim und Hausen

Familljesache

Hammonisches Familljelebe,
dadenach duht manscher schdrebe.
Wenners awwer endlisch hat,
issers häufisch ganz schnell satt.

Genüüschsam

Im Hinnertaunus, ganz weit hinne,
von Sorsche um ihrn Sohn geplaacht,
saß Babett bei ihrm Parrer drinne
un hat den Herrn um Rat gefraacht.

„Mein Schorsch is doch nach Frankfort gange!
Nach Frankfort, in den Sündepfuhl!
Hat dort als Hilfskraft aagefange.
Er war in kaaner hehere Schul ...

Verdient dreihunnert monatlich.
Dreihunnert bloß! Da frääscht mer sisch,
ob dademit der aame Mann
e christlich Lewe führe kann!“

Druff sächt der Seelehirt gewischdisch:
„Dreihunder Euro? Hör ich richtig?
Die Sorge kann ich euch vertreiben.
Ihm wird nichts andres übrig bleiben.“

Ärztlischer Beischdand

„Isch hust so oft, mein Bluuddruck schdeischt,
des Drebbeschdeische fellt net leischt.
Herr Dokter, was is mit mer los?
Isch hett gern Ihre Diagnos!“

"Nun gut. Ich sage es mal offen:
Zuviel geraucht, zuviel gesoffen.“

„Aha. Soweit sinn mer uns einisch.
Wie haaßt die Diagnos ladeinisch?
Mei Fraa kennt kaa ladeinisch Schbrisch
un kommt mer so net uff mei Schlisch.“

De Lenz is da!

Sie nehert sisch, die Friehlingszeit.
Isch mäggs an meiner Miedischkeit.
Isch bin so was von abbgeschlafft,
mei Fraa dageesche schdrotzt vor Kraft.

Sie schniffelt Schdaub in jedem Eck
un kindischt aa: Der Dreck kimmt weg!
Die nexde Woche werd gesaucht,
entsorscht, was jetz kaan Mensch mehr braucht,
geschrubbt, gekehrt, geberscht, gewischt,
bis nerschends mehr e Schdäubsche lischt.

Die annern suche Schlisselblimmscher
un sinn ganz Ohr fer Foochelschdimmscher.
Isch net. Isch hab Befehl von meiner Fraa:
Jetz werd gebutzt! De Lenz is da.

Die Familljeblaanung

Mein Name is Karl Otto Kraus.
Nach Diensdschluss geh isch gleisch nach Haus.
Dort bin isch als mit mir allei.
Isch fraach misch oft: Muss des so sei?
Oft lisch isch wach bis morschens vier
un redd un redd als nur mit mir.
Muss isch als weider solo schlafe?
Es gibt doch aach de Ehehafe!

Isch bin zwaa gaa kaan Fraueheld,
doch hab isch mer schon vorgeschdellt,
isch könnt mit erer Fraa hier lewe.
Isch deet hier siddse, sie denewe.
„Karlsche, Liebling“ deht se saache
un nach meine Wünsche fraache.
Isch äuser dann en Wunsch. Sie duht es.
Sie kocht mer ebbes. Ebbes gudes.

Isch bin zwaa weder underhaldend
noch iwwergroße Reiz endfaldend,
doch schdeht en Fännseher bereit
fer lange Awende zu zweit.
Mir ziehn uns dann en Tatort nei,
mehr Unnerhaldung muss net sei.
Nach zwelf is sowwiso meist Ruh,
weil, mei Aache falle zu.

Isch bin zwaa net von großem Feuer,
un Sex is mer net ganz geheuer.
Es fehlt mer zimmlisch an Erfahrung
bezieschlisch Dings.., no ja, de Paarung.
Doch erschendwann werd sisch des geewe,
wenn mir erst maa zusammelewe.
Bassiern duht des ja iwwerall.
Mir wärn da ja kaan Einselfall.

Isch bin zwaa gaa kann Kinnerfeind,
doch wenn des Balsch andauernd greint
bei Daach un Nacht, da saach isch Naa.
So ebbes duh isch mir net aa.
Nach des Taaches Mih un Plaache
schlääscht so Gekrisch eim uff de Maache.
Isch muss aach an die Koste denke.
Naa, isch hab nix zu verschenke.

Isch bin dorschaus fer feine Art,
doch aans bleib bidde mir erschbaart:
En Schwischervadder so wie der,
so aaner kimmt mer hier net her.
Isch habbs net so mit de Verwande,
mit Neffe, Nischde, Ongels, Dande.
Besuch von dem wär mir en Graus,
isch bräscht kaa aanzisch Wort eraus.

Isch bin zwaa net leischt zu erschüddern,
doch hab isch Schiss vor Schwischermüddern.
Die hawwe viel zu viel zu saache
in Ehe- un Beziehungsfraache.
En Haufe Unheil werd da lauern.
Schon der Gedange mäscht misch schauern.
So wäggst un wäggst in mir die Ahnung
vom End von de Familljeplaanung.

Isch bin zwaa net gern ganz allei,
doch so viel Schdress muss ja net sei.
Es geht aach ohne Fraa zu Haus.
Nix fer ungut.

K. O. Kraus

Im Dialooch

Isch bin zu mied. –
Wie mer sieht.

Fang emaa aa! –
Du bist draa!

Des habbisch dir schon hunnerdmaa gesacht! –
Ja, un isch hab misch schibbelisch gelacht!

Sisch reesche bringt Seesche. –
Von weesche!

Dadezu habbisch kaa Lust. –
Des habbisch gleisch gewusst!

Im Fännseh gibt's heut ›Titanic‹. –
Isch heer lieber Volksmusick.

Mer wird so aal wie e Kuh. –
Awwer du lernst nix dezu!

Net alles dorschgehe lasse!

Vieles was die Dischder schreiwe,
des sollt besser unnerbleiwe,
weils bolliddisch inkorreckt
un zimberlische Leut verschreckt.
Aach isses häufisch arsch wullgehr.

In so em Fall geht mer halt her
un schnibbelts raus mit erer Scher.

Knapp devoogekomme!

De Kall is ehr als aagenomme
vonrer Geschäftsreis haamgekomme.
Von Schdubb zu Schdubb suchter sei Fraa:
Sie lieht im Bett, doch net allaa.

Was mäschter? er erschießt sei Fraa
mitsamt ihrm Lover newedraa.
Er sieht – mer kanns verschdehe – rot,
dreht dorsch un schießt sisch selwer doot.

Viel ärscher wärs ja fast gekomme,
denn – unner uns – maa aagenomme,
de Kall wär zwaa Daach frieher komme,
da hätter misch uffs Korn genomme!

Des Lied vom Legge

Es leggt die Sonn am Windereise,
es legge Welle an dem Schdrand.
Es leggt wer annerer Gödderschbeise,
es leggt de Hund an deiner Hand.
Es legge Flamme an de Kachel,
es leggt die Fraa an deinem Ohr.
Es leggt de Mensch geesche de Schdachel,
es leggt des aale Wasserrohr.

Jetz heer isch uff mit meinem Singe.
Leggt misch am Aasch!

von Berlischinge

Im Beischdschduhl

Im Voochelsbersch lebt e aal Fraa,
die ging zur Beischde widder maa.
Dem Parrer, der ihr zugeheert,
hat sie des Folschende erkleert:
„Isch bin, in sündischem Verlange,
drei- odder viermaa fremdgegange."
De Parrer fräächt, wann das denn war.
„Vor verzisch, fünfunverzisch Jahr."
„Vor vierzig Jahrn? Ein halbes Leben,
das hat der Herr gewiss vergeben!"
„Ja, schonn, Herr Parrer, 's is halt so:
Isch redd gern alsemaa devoo."

Fännweh - Haamweh

Is de Mensch maa lang zu Haus,
ziehts en in die Fremde naus.
Is de Mensch dann endlisch drauß,
ziehts en bald zurick nach Haus.

Voll im Trend

De Bick Benn un des Rieserad,
e Schdicksche weider Schottländjahd –
des kenn isch alles, isch war da,
in London, ja. Mit meiner Fraa.

Mer find da nirschens Äbbelwoi,
schon gaa net im Hotel Savoy.
Doch hawwe die ... Moment, isch habs ...
mer glaabts net: siwwedausend Pabs!

Mei Fraa gleich hie, wo mer was krieht,
bei Härrotz un in Rieschend Schdriet,
was mer dehaam in unsre Schdatt
zwaa aach, doch net so deuer hat.

Isch bin derweil schnell nach Soho
un nachher zur Madam Tüsso.
Da wimmels grad von Hotwolleh!
(Mer kann sogar de Kohl dort seh.)

Vom Marbl Arsch bis Grienewitsch,
von Ochsfort Schdriet zur Tauerbritsch,
so simmer Sonndach kreuz un quer
dorsch London zum Trafalga Skwer.

Dort war e Morzdemonschdrazzjon.
Verschdanne hammer nix devon.
(De Englischkurs, den mer gemacht
bei VHS, hat nix gebracht.)

Was hadde mer zum Schluss noch vor?
Ach ja, e Fahrt zum Schloss Winzohr.
Da war grad Brominenz zu Gast,
doch hawwemer die Kwien verbasst.

Am Moondaach simmer middem Fluch-
zeusch haam. Es war, waaß Gott, genuch.
De Abbel fellt net weit vom Baam –
am schennste isses halt dehaam.

Heut les isch Zeidung, un da schdeht,
dass unser Börs nach London geht!
Mei Fraa sächt: „Siste, voll im Trend!
Wie gut, dass mer jetz London kennt!“

Dehaam is dehaam

Wie hällisch isses zu verreise!
Es logge Bersche, Meer un Schdränd.
Aamaa eraus aus fesde Gleise
in Lender, wo mer noch net kennt!

Jetz fliesch isch los, isch adme freier,
isch hab nur Wolge unner mir.
Des is die reinst Geborzdaachsfeier!
Die Schduadess bringt mir e Bier.

Jetz komm isch aa. Is des eggsodisch!
Dann schdeh isch rum beim fremde Zoll.
Benemme duhn die sisch idiodisch
un kwassle mer die Hugge voll.

Mei Nachdkwaddier hab isch erreischt.
Isch leesch misch hie. Isch schlaf net ei.
Kaa Wunner, saach isch mir, vielleischt
hilft da en Konnjack odder zwei.

Taachs druff fiehl isch misch leischt beklomme
un äschendwie net uff de Heh.
Ob mir de Konnjack net bekomme?
Es wird mer doch bald besser geh?

Dann schdischds in meine Eigeweide.
Verdeppel aach! Was soll denn des?
Bin isch verreist, um hier zu leide?
Is des vielleischt de Urlaubsschdress?

Isch muss misch jetz zusammereiße.
Äschendwie werds schonn noch geh.
Naa, es geht net, verdammte Scheiße!
Was mach isch bloß, oje, oje!

Es nehert sisch en Azzt vom Ort.
Er misst de Druck un schreibt was uff.
Er redd was, isch verschdeh kaa Wort,
isch nigg dezu un peif halt druff.

Isch nemm was ei, jetz rast des Fieber!
Es dreescht misch fort nach Katmandu,
isch faasel was von Nil un Tiber
un erst in Rio find isch Ruh.

Mei Fieber fellt, isch pack mei Sache,
isch fliesch zurick, gebeuscht un lahm.
Des war de Urlaub – nix zu mache.
Des neschsde Mal bleib isch dehaam.

Neue Awweidsblätz

Jetz simmer halt globalisiert
un mägge, wohie uns des fiehrt.

Bei uns werd gräffdisch abgemaachert.
Die Brodduksjone wern verlaachert
von hier eweck in Rischdung Oste,
wo Awweider net so viel koste.

Endlasse duhn sogaa die Banke.
Da mäscht mer sisch schonn sei Gedanke!
Die Awweid is hald nemmer do,
de Uffschwung kimmt heut annerswo.

Die neue Schobbs sinn in der Ferne!
Vielleischt sollt mer Schinäsisch lerne?
Vielleischt wärs werklisch bald gescheider,
mer gäng dordhie als Gasdawweider!

Unnerweeschs

A Isch saachs net gern, awwer in Aache
hat mer misch aamaa schwer verhaache.

B Heiser hinner Gidder bellt
en aame Hund in Bitterfeld.

C Selbst innerer Schdatt wie Caracas
werdmer, wenns reeschnet, zimmlisch nass.

D Drei Woche Urlaub in Davos?
Geh fort! Da is doch gaanix los.

E Isch war emaa mit meiner Hanne
drei Taach in der Etoschafanne.

F Wo lischt denn des Fontainebleau?
Isch glaab in Frankreisch erschendwo.

G Beim Bertelsmann in Gütersloh?
Werst du da deines Leewens froh?

H Verteidischung am Hindukusch?
Des hat der Struck beschdimmt vom Bush.

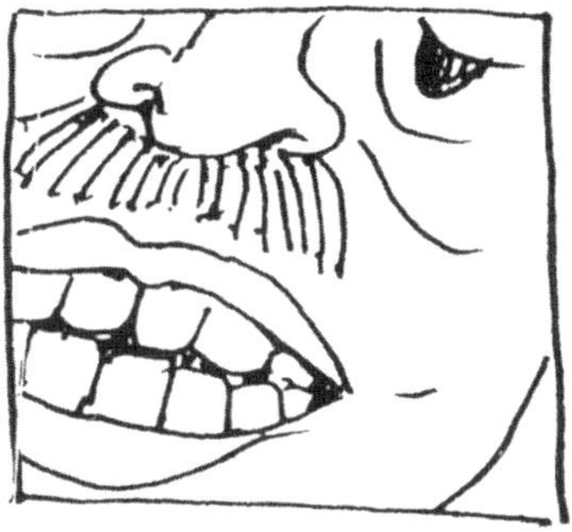

I Guggt bidde des Gebiss hier an:
So Zääh hat mer in Isfahan!

J Ainst plaande unser Erich froh
de Mauerbau in Jericho.

K Mir musste waame Joppe traache,
es war saukalt in Koppehaache.

L Mir wollde schonn in Jever schmuse,
doch gings erst schbeed in Leverkuse.

M Massiern un knete, des konnt Otto,
er hads gelernt in Monte Grotto.

N Hosds boid gfundn, dös Nairobi?
Jo freili, jo, dös hob i.
(Ja, die Bajern schwezze anners!).

O Von Amors Feil gedroffe, ach,
leschzt sie nach Kall in Offebach.

P Isch fand kaa Ruh dort in Sangt Pölte,
weil nachds am Schdick die Hunde böllte.

Q Es quakt en Frosch laut in Quebec,
hier heert mer nix, s'is zu weit weg.

R Selbst nach jahrzehndelange Pause
zieds misch net asch nach Recklinghause.

S Des Schdick von Rom nach Syrakus,
des zieht sisch zimmlisch, grad zu Fuß.

T Isch zooch misch aus, sie rannde weg.
Des wars in Tehuantepec.

U Von Utrecht wisst ihr net genuuch,
aach net von Kleist un dem sein Kruuch.

V Von Valdepenas kommt en Wei,
den schenk isch mer zum Fännseh ei.

W Worcester schbrischt mer Englisch „Wuster“!
Mit Ihrer Bildung schdehds asch duster.

X In Xanten treibt mer Taucherschbort,
mer sucht de Nibelungehort!

Y In Ypern lewe Flame un Wallone,
in Zypern solle kaane wohne.

Z Isch kennt ja jetz noch ganz schee labern
von Zagreb, Zandvoort, Zell un Zabern,
doch fang isch gern von vorne an
mit Aalborg un mit Abadan.

Wolgeguggug

Es wär gut mööschlisch, isch könnt fliesche
zum Beischbiel maa nach Katmandu.
Isch könnt maa unner Palme liesche
in Bali odder Malibu.

Isch könnt misch uff die Sogge mache
nach Kairo odder Assuan,
per Porsche mit zwaahunnert Sache
nach Indie odder Pakistan.

Isch flöösch inerer Weltraumfähr
zum Mond enuff, zur Venus schier!
Es ist schon doll, wo isch all wär.
Doch im Momment bin isch noch hier.

Rinne lasse

Ach, wie verliebt mer damals warn!
Im Juni sinn mer abgefahrn.
Die Hochzeitsreis war wunnerschee,
besonners am Klopeiner See.

Des Gasthaus paar Schritt weg vom Schdrand,
ganz in de Näh de Waldesrand,
devor die schennste Blummewies –
es war des reinste Paradies!

Aach's Zimmer konnt sich sehe lasse,
doch aans war werklisch net zu fasse:
De Wasserhahn, aach zugedreht, hat als gedrobbt,
un des Gedrobb hat net geschdobbt.

Da hammer des halt reklamiert,
der Hoddeljee hat sisch geriehrt,
er is mit Wäckzeusch ruffgekomme
un hat der Sach sich aagenomme.

Aa Schdund hadder erumgeschraubt,
geflucht un dorsch die Nas geschnaubt.
Dann hadders Wäckzeusch falle lasse
mit der Bemäckung: „Rinne lasse!"

Bei uns haaßts seitdem immer dann,
wenn mers Broblem net löse kann
un musses als Broblem belasse:
Rinne lasse, rinne lasse!

Sennjornsache

Im Alder, des is gaakaa Fraach,
da lässt so mansches zimmlisch nach.
Doch iwwer viel kann mer noch schreiwe.
Des sinn die Freude, die wo bleiwe.

Mir aame Rentner

Was hat mer uff sei alte Daach
als Rentner so sei Mieh un Blaach!
Muss mer beim Aldi Schlange schdeh,
duhn eim die aale Knoche weh.

'S Bordmanneh, des mescht eim Sorsche,
wenn mer so dengt an iwwermorsche.
Die Rente wern vielleischt gesenkt.
Wenn des eim net zum Hals naushenkt!

Des Lääwe war noch nie so deuer,
jetz kemmt aach noch e Renteschdeuer!
So ziehn die's Geld eim ausem Seggel.
E neues Audo? Peifedeggel!

Es heert net uff, es kimmt noch was:
Jetz hat aach noch die Krankekass
de Beidraach so was von erheht,
dass eim de Abbedidd vergeht.

Die eischne Juuchend is vorbei.
Des is eim gaanet einerlei!
Da sieht mer all die junge Dinger,
mer selbst is alt un wird net jinger.

Mer sieht un heert net mäh so rischdisch,
die Pille waan noch nie so wischdisch,
mer fiehlt sisch oft net rischdisch wohl –
ja, Himmelhäggottnochemool!

Mer is im Grund kaan Jammälabbe.
Doch manschmaa kennt mer iwwerschnabbe!

Gut fers Gehern

Aans findisch ausgeschbroche hesslisch:
Isch wern in letzder Zeit vergesslisch.
Isch komm annem Kolleesch vorbei,
doch wie er haaßt, fellt mer net ei.

Im Fännseh heert mer ja ganz gern,
es fehlt bloß Sauerschdoff in dem Gehern,
Hexal hett ebbes dadegeesche,
erschendson Pillezeusch – von weesche!

Mer muss sisch halt der Eisischt schdelle:
Sie nemme ab, die graue Zelle.
Desweesche net lang lamendiert
un efter maa de Kobb drainiert!

Fange Se gleisch aa! Es nitzt Ihrem Geherne,
wenn Se mei Schbrisch auswennisch lerne!

Rüsdischer Rentner im Schdadtpack

Weil isch zum Glick jetz Rentner bin,
zieht es misch oft zum Schdadtpack hin.
Hier had mer Ruh un muss net schwiddse
un kann bequem uff Benkscher siddse.
Uff Awweit duh isch gänn verzischde.
Villeischt schreib isch e paar Gedischde.
Isch peif ab jetz uff Effizienz
un mach mer liewer einen Lenz.

Friehmorscherns wenn de Pack noch leer,
laaf isch e bissi hie un her.
Hier gibts e paa verschwieschne Egge,
da kann mer allerhand enddegge.
Was isch da heut frieh morschens sah,
des kam mer vor wie FKK.
Die Sach war sischer net ganz siddlisch,
doch annrerseids ganz abbediddlisch.

Da gehn se leider weg, die beide.
Des Aabandle sollt isch vermeide.
Uff Schaache bei so junge Fraue
sollt mer als Rentner net vertraue.
Im Zweifelsfall sinn die viel mehr
em Geld von Oldies hinnerher.
Die Sache mit so junge Damen,
die lass isch sei. Verschbroche. Amen.

Als net so schee hab isch emfunde,
dass Leut hier als mit ihre Hunde
von frieh bis schbät im Pack rumlaufe.
Isch treet net gern in Hundehaufe.
Doch seh isch ei: des liewe Vieh
is ab un zu aach Terrabie
fer die bedauernswerde Seele,
bei dene Lieb un Zuschbruch fehle.

Besonners deht isch hier gern lobe
des Schdadttheaders Freilischtprobe.
Heut Aawend gibt's im „Open Air"
e schdagges Schdick von Dumas Père.
Normalerweis seh isch gern fern,
doch so Theader hab isch gern,
besonners weesche dene Fraue,
die äuserst lieblisch aazuschaue.

Pariser Luft, Folies Bergère,
des war en Hit im „Open Air"!
Die Klaa da rechts wingde mir zu,
des bringt mich jetz noch aus de Ruh.
Des geht mir nach bis in de Traum.
Joga, Djogge hilft da kaum.
Was eim da die Hormone duhn,
dageesche wird mer nie immun.

So isses halt, isch änners nischt.
Isch schreib dadriwwer e Gedischt.
Wer waaß, villeischt werds jemand lese?
Sonst isses halt umsonst gewese.
Im Schdadtpack kimmt mer in de Sinn,
dass isch – gottlob! – in Rente bin.
Mer kann aach ohne Awweit lewe.
machds gut! Isch geh jetz maa aan hebe.

Kullinarisch

Zu dene Freude wo uns winke
geheert gut Esse un gut Trinke.
Des aane schdeischert des Gewischt,
des annre nitzt der Lewwer nischt.

Drei gude Vorsetz

Middem Fernseh mach isch diss Jahr Schluss.
Des meisde is doch nix wie Schduss.
Des muss diss Jahr mal möschlisch sei.
(Nur aamends guck isch HR 3).

Isch habb misch feierlisch entschiede:
Der Algohol, der werd gemiede!
Des muss diss Jahr mal möschlisch sei.
(Nur aamends drink isch Ebbelwei).

Der guden Dinge, die sinn drei:
Middem Blodsche isses aach vobei!
Dess muss diss Jahr mal möschlisch sei.
(Nur aamends paff isch zwaa bis drei).

Drei gude Vorsetz will isch fasse:
Drei Unarde will isch jetz lasse.
Des muss diss Jahr mal möschlisch sei.
(Nur aamends net - oweiowei!)

Fiddnessgeeschner

Wohie mer guggt, da sieht mer heut
vom Juuchendwahn befallne Leut.
Die dschogge als dorsch unser Wälder,
doch jinger wern se net, nur älder,
un mansche sinn dodaal beknackt
un krien beim Laaf en Häzzinfackt.

Da halt isch liewer Middaachsschlaf
schdaddassisch dorsch de Stadtwald laaf.
Ich will misch net mit Klimmziesch quäle
un aach kaa Kalorie zähle.
Was isch jetz werklisch nemmer brauch,
des is en schdramme Waschbrettbauch.

Isch fast net gern. Mir schmeckt mei Esse.
Zum Beischbiel Worscht aus Obberhesse,
aach Handkäs odder Schbischelei
schdatt Maacherquaak un Körnerbrei.
Ich drink aach gern mei zwaa, drei Rote,
obwohls de Dokter schdreng verbote.

Misch sieht mer uff kaam Drimmdischfaad
un aach net innem Fangobad.
Endschlaggungskurn mit Knoblauchpille?
Mit mir net, naa, um Goddes Wille.
Denn wie mer aach sein Körbber fleescht,
mer werd doch innen Sarsch geleescht.

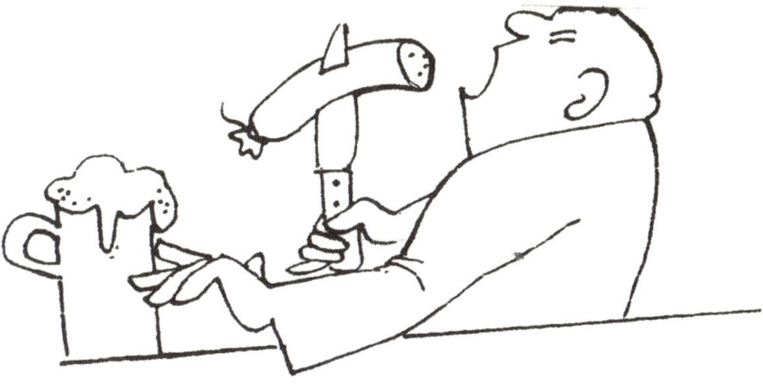

Bodenschdändisch

Mer trinkten net nur geeschen Dorscht,
zu Handkäs un zu Lewwerworscht,
mer trinkten, weil mern eifach maach.
Die Schdimmung hebter Daach fer Daach.

Mer brauch net in die Fänne schweife,
wenn hier so scheene Ebbel reife,
fer Kuche, Torte un fer Brei
un ganz besonners Ebbelwei.

En Wei von erschendem Schattoo?
Schammbannjer von de Wöff Klickoo?
Ihr liewe Leut, des muss net sei!
Fer was hammer de Ebbelwei?

Veschetarier-Arie

Bohne, Mais un Sellerie,
Veschetarier schätze sie.
Erbse un Salat
halte se parat.

Zuschini, Oberschiene,
erhelle ihre Miene,
Babrika un Lauch,
ja, die dun des auch.

Reddisch, Laddisch, Rosekohl,
die dun ihre Gaume wohl,
aach Poddulak, Rabunzele
bringe se zum Schmunzele.

Mangold, Rucola, Porree,
Bebberoni, Schiggoree,
Raditscho, Ardischogge,
oh, welch leggeres Verlogge!

Kohlrabi, Kren, Karodde,
Schbinnaat, Karfiol, Schallodde,
Schdeinbilz, Kürbis, Trüffele,
köstlisches Geschnüffele!

Flaasch gibt es hier nischt.
Gemies reischt fers Gedischt.

Goethe, Stoltze un isch

Goethe is e anner Liga,
isch bin nano, er is giga.
Am Stoltze bin isch näher draa
un fiehl misch da net ganz so klaa.

De Geede werd verrickt

Fer mansche wars e Ärjernis,
dass Geede oft verrickt worn is.
„Aus Sachzwäng“, wies geheiße hat
vom Maggisdraat in unsre Schdadt.

Doch dem Verricktwern werd grad jetzt
noch owwedruff was druffgesetzt.
Es Geededenkmal kimmt uff Rolle,
weil die de Geede rolle solle.

Wohie? Wo Wischdisches bassiert,
was mer dorsch Geede schee verziert.
Zum Beischbiel bei de Bischermesse
und Landdaachswahl bei uns in Hesse.

Aach Eintrachtschbiele geesche Bayern,
Wäldchesdaach un annere Feiern,
iwwerall wo unsern Geede
die Sach an sisch verschennern deede.

Geede un isch

Geneischder Leser, les ruisch weider.
Was jetzt kimmt, schdimmt disch vielleischt heider.
Die schennste Zeile, die am Aafang
sinn garandiert von Johann Wolfgang.
Die neschsde Zeile - drei un vier -
die sinn von mir.

Wie machen wir's, dass alles frisch und neu
und mit Bedeutung auch gefällig sei?

Mir nenne „Powerdrink" des schläächt Gebräu
unn „Mousse aux Pommes" de Äbbelbrei.

Des Menschen Tätigkeit kann allzu leicht erschlaffen,
er liebt sich bald die unbedingte Ruh.

Von mir aus kenne annere schaffe,
isch lesch misch hie un schlaf. Un du?

Und fragst du noch, warum dein Herz
sich bang in deinem Busen klemmt?

Des kommt defoo, wenn mer im März
nur Schdarkbier dorsch die Gorschel schwemmt!

Wer vieles bringt, wird manchem etwas bringen,
und jeder geht zufrieden aus dem Haus.

Doch bringstes net, des kann isch der singe,
dann bisde eweck, dann schmeißt mer disch raus!

Wenn nicht das süße junge Blut
heut Nacht in meinen Armen ruht ...

Dann gehste haam unn guckste fern,
ich waaß, des meschste aach ganz gern.

Ich gäb' was drum, wenn ich nur wüßt',
wer heut' der Herr gewesen ist!

Des is doch der wo gesdern Nacht
minnstens drei Stunne bei dir verbracht!

Wie atmet rings Gefühl der Stille,
der Ordnung, der Zufriedenheit!

Komm, schwetz net lang um Gottes Wille,
mir hawwe doch nur wenisch Zeit!

Es wird mir so, ich weiß nicht wie -
ich wollt', die Mutter käm' nach Haus.

Annererseits ... mer waaß ja nie ...
Vielleischt blieb' se doch besser raus ...

Nun verlass ich diese Hütte,
Meiner Liebsten Aufenthalt ...

Guck! Dort schdeischdse in die Bütte!
Schon widder werd mer heiß un kalt ...

Willst du immer weiter schweifen?
Sieh, das Gute liegt so nah ...

Du brauchst doch bloß nach links zu greife,
mehr nach links! Jetz bisde da.

Herz, mein Herz, was soll das geben?
Was bedränget dich so sehr?

Ach, isch wollt noch aan, zwaa hebe,
doch nach zwölf, da gibts nix mehr.

Wenn der Sommer sich verkündet,
Rosenknospe sich entzündet

Schdeischt de Äbbelweiverbrauch.
Der von Bier, der schdeischt dann auch.

Was hör ich draußen vor dem Tor,
Was auf der Brücke schallen?

Des kommt mer wie Verwannschaft vor,
die mer ins Haus will falle.

Werd de Stoltze jetz aach verrickt?

In Frankfort könnt mer mansche Sache
villeischt e bissi besser mache.
Im Schdadtbild is nach meiner Meinung
de Stoltze fast e Randerscheinung.

Wie wärs, wenner verriggt wern dehde,
genau so wie de aale Geede?
Von hinner de Kathrinekersch
zum Beischbiel uff de Reemerbersch?

Da is viel Frankfort drummerum
un als en Haufe Pubblikum.
Mer guggt IHN aa, schon fällt eim ei:
Wie kann nur en Mensch net von Frankfort sei!

Un wenn genieschend Leut es wolle,
dann kimmt de Stoltze aach uff Rolle
un wird als dahie hiegerollt,
wo er bei Feiern schdehe sollt.

Drunner un driwwer

So, mei liewes Pubblikum,
jetz kimmt Sammelsurium,
Kraut un Riewe, bunt gemischt,
leests halt, odder leests halt nischt.

Unnerm Messer

Da gibds ebbes im Bauchgekrös,
des is laut Dokter leider bös.
Was soll mer mache? Es muss raus.
Da bleibt nur aans: ins Krangehaus.

Dort hoggsde, waddst un bist beklomme,
kimmst endlisch draa, werst uffgenomme,
mer gibbt der gleisch en Fraachebooche
von Raddjo- un von Urolooche.

Mer is verdeschdisch lieb zu dir.
Du kriehst e Bett in Zimmer vier.
Die Nachbarn: Terke. Nix verschdeh.
Zeischeschbraach werd vielleischt geh.

Jetz schreibsde uff, ob de noch rauchst
un was de sonst an Pille brauchst,
ob Kreislaaf, Lewwer un die Niern,
wie sischs geheert, noch funzjoniern.

Wo fehlts? Am Häzze odder Maache?
Kannsde nix Sießes mehr verdraache?
Haddesde Obberazzjone?
Kombliggazzjone? Infeggzjone?

Warsde vom Infackt bedroht?
Beim Drebbeschdeische Ademnot?

Dringste viel, ja odder nei?
Schreibs hie, du Feischling, es muss sei!

Net lang, so folsche Bluudendnahme
un dann Raddjoologieuffnahme.
De Finger schdeggt mer dir wonei,
Fui Deibel! Awwer des muss sei.

Zum Schluss, da wersde ›uffgekleert‹.
Was dir da morsche widderfehrt,
des birscht en Haufe Riesigo.
Du ännersts net, es is halt so.

Mer hat ja mansches iwwerschdande,
un mansches kaam eim schon abhande.
Die werns ja wohl net iwwertreiwe?
Von mir soll noch was iwwrischbleiwe!

Zäh zeische!

Des Geschischdsche von dem Zah
fängt erst emaa ganz hammlos aa.
De erste Zah fielt eim sei Zunge,
de erste Dorschbruch is gelunge.

Schbeder bresche sisch dann Bahn
Eggzah, Schdoggzah, Weisheidszahn.
Mer wächst un kann sei Zäh bald zeische,
vorerst sinn se ja noch eische.

Mer kann se notfalls aach maa blegge
un annern Leut ganz schee erschregge.
So Sache wie die Zahbroddese
sinn erst emaa bloß Hibbodese.

Egal wie mer die Sach aach nimmt,
des erste Zahweh kimmt beschdimmt.
Da muss mer sisch zusammereiße
un liewer mümmele schdatt beiße.

Manschmaa reischt e bissi Bohrn,
doch geht aach maa en Zah verlorn.
Schbeder gibds als neue Lügge,
un des bereidet kaa Endzügge.

An de gezoochne Zäh ihrm Blatz
geheert dann bald en Zahnersatz.
Isses noch winzisch, unser Lücksche,
genüüscht erst maa e klaanes Brücksche.

Hat mer erreischt des Lewens Midde,
werds oft schon Zeit fer was? Die Dridde.
Un is im Rache alles Murgs,
dann bedaff mer des Schirrurgs.

Der hat die Lösung gleisch parat:
des Beste wär e Imblandaad.
Is eim sei Konto dann aach leer,
es Imblandaad, es mäscht was her.

Von dene viele, viele Zähne
muss isch aan hier noch erwähne.
Solang mir uff de Ääde wallen
naacht er behallisch an uns allen.

Isch redd hier von dem Zah der Zeit.
Der naacht un naacht wie net gescheit.
Am Schluss kriet er uns klaa, herrje!
Dann duht uns aach kaan Zah mehr weh.

Net abkömmlisch

De Schorsch geht zu seim Chef enei:
„Isch hätt gern zwaa, drei Daache frei.
Fern Friehjaahsbutz bräuscht misch mei Fraa;
sie sächt, sie schaffds net ganz allaa.“

„Des duut mer leid“, sächt der zum Schorsch,
„Sechs Uffträäsch, Mann, da muss mer dorsch!
Saach deiner Fraa, weesche de Kunde
gibt's neeschst Woch sogaa Iwwerschdunde!“

Da sächt de Schorsch: „Chef, Sie sinn Klasse!
Sie wisse, wie isch's Butze hasse
un hawwe misch net hängelasse.“

Kaan Kawwalier

Die Ruth, de Kall un Dorothee
fahn Bootsche uffem Kahler See.
Zum Kall flistert die Dorothee:
„Wenn jetz des Boot versinkt im See,
wen retteste, Ruth odder misch?“
„Misch.“

Immer midde Ruh

Fer Mondaach wird eim sehr emfohle,
vom Sonndaach sisch erst zu erhole.

De Dinnsdaach is en Feierdaach
un daher frei von Mieh un Blaach.

Mittwochs wird im ganze Land
iwwerall maa ausgeschbannt.

Will mer am Donnersdaach net leide,
sinn Aaschdrengunge zu vermeide.

De Freidaach, wie de Nam schon sescht,
der eischent sisch fer Awweit schlescht.

Am Samsdaach is schon Wocheend,
da wird maa rischdisch ausgepennt.

De Sonndaach is der Taach des Herrn.
Da hält mer Ruh. Des mescht mer gern.

De Gewäckschaftsochs

Zwaa Ochse ziehn en Pfluuch dorschs Feld.
De aa hats Pflüüsche eigeschdellt,
als es vom Kerschtorm fünf geschlaache.
„Mir is e bissi schwach im Maache,
un mei Gewäckschaft hat beschdädischt,
dass mer nach fünf sisch net betädischt."

„In Ordnung", sächt de Bauer, „in dem Fall
gehsde am besde haam zum Schdall.
Es duht mer leid, dass de geschweścht.
Mir komme aach allaa zurescht."
Tatsäschlisch hat aan Ochs genüüscht
un hat des Feld zu End gepflüüscht.

De Awweidsochs kimmt haam um acht
zum annern, der grad uffgewacht.
Der frääscht verschlafe: „War de Bauer
gaa net e ganz klaa bissi sauer?" –
„Net dass isch wüsst. Awwer zuletzt
hadder middm Metzjer was geschwetzt."

De aame Poet

In memoriam Carl Spitzweg

Es is asch kalt. Isch bin allei.
De Reesche drobbt vom Dach enei.
Des Prosazeusch was isch geschriwwe,
is in de Schubblade gebliwwe.
Von meine Versjer, schee gedischdet,
hat Reich-Ranicki nix berischdet.
Kaa Bläddsche hat misch je genannt,
isch bin so gut wie unbekannt.
So kanns, so derfs net weidergeh.
Es muss sofort ebbes gescheh.

Isch fiehl mich manschmaa wie in Rente.
Vielleischt lischds an meim Ambiente?
Is mei Kabuff zu brimmidief?
Zu schäbbisch, schbiessisch, voller Mief?
Villeischt sollt isch maa rennowiern,
mei Bruchbud annerst dabbezziern,
neu arrangschiern mit Piff des Ganze,
so nach Fengschui mit Schdaa un Flanze?
Wer waaß, isch bin villeischt im Schdand
un häng' mer Warhols an die Wand.

Was aach zu iwwerleesche wär:
Enaus ins Freie, OPEN AIR!
Da owwe blauer Sommerhimmel,
hier unne freelisch Kuhgebimmel,
en Duft von Heu schdeischt in die Nas,
isch leesch misch lang ins hohe Gras,
die Mus, sie kimmt, sie kimmt geschwind,
mer siehts, sie is mer wohlgesinnt,
un meine Versjer handle heider
von Käwwern, Blimmscher un so weider.

Villeischt sollt isch aach maa verreise,
maa raus aus dene fesde Gleise?
Zum Beischbiel maa so uff die Schnelle
zum Schnorschele uff die Seyschelle?
Geht des net mit meim Kontoschdand,
dann erst emaa nach Helgoland.
Die Hauptsach is maa eifach raus
aus eim seim enge Schneggehaus.
Des gibt en Haufe Imbressjone,
die sisch fer meine Versjer lohne.

Mir fällt noch ebbes annres ei:
Isch misst net als nur Singel sei!
Mir fehlt e Fraa, die misch verwöhnt,
die mir mei Bruchbud hier verschönt,
die mir die Wasch maa wäsche deht
un mir emaa en Giggel breet
un newe mir im Beddsche lieht,
des wär doch schon die halwe Miet.
Un wenn se misch dann noch bewunnert,
dann schreib isch Versjer, fuffzisch, hunnert!

Isch muss hier allerdings geschdehe:
Isch bin net tauchlisch fer die Ehe.
Mir lischt net so des Einerlei.
E bissi Abweggslung muss sei.
Es lebe viele polligam,
un des net nur in dem Islam.
Mir kimmt zum Beischbiel in de Sinn
mei addraggdiefe Nachbarin.
Guggt die zu mir dorschs Fensder nei,
dann werd isch schwach. Isch bin so frei.

En Mann wie isch, der dauernd schreibt,
der muss schon sehe, wo er bleibt.
Fer so aan muss es Hausfraun gebe,
wie soll er sonst nach Höhrem schdrebe?
Wäsche, koche, fligge, buddse,
fer so was musser Fraue nuddse.
Un newebei: dem Waschkram weesche
kimmt mir die Babett sehr geleesche.
Die kann wäsche, schdobbe, büüschle
un is aach sonst fast net zu züüschle.

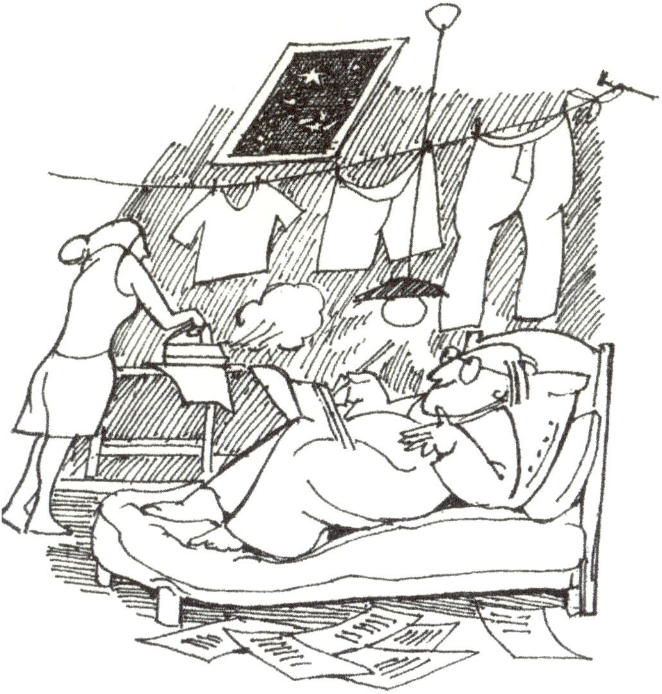

Was isch aach als emaa erwääsche:
Was wär, wenn isch daniederläässche?
Mit Schnubbe, Gribbe un so Sache,
was soll mer dann als Dischder mache?
Mer is asch hilflos ganz allei.
Aach deshalb misse Fraue sei.
Wär isch maa krank un quengelisch,
die Susi käm un fleeschde misch.
Un wär mirs maa asch frösdelisch,
schlübbt se zu mir un wäämde misch.

Doch jetz eweck mit alle Sorsche!
Per Pegasus reit isch schon morsche
zu saachenhafde Arschibeele,
fer die selbst mir die Wörder fehle.
Ach Quatsch, die fehle MIR doch net!
Villeischt gelingt mer e Sonett
fers Fölljetong der Allgemeine,
dem Reich-Ranickiblatt, dem Feine?
Isch saddel jetz mein Pegasus.
Er kimmt beschdimmt, der Musekuss!

Was isch nach Musekuss geschriwwe
is ohne Folsche net gebliwwe.
Wo bin isch da eneigerade?
Es Fännseh hat misch eigelade.
De Suhrkamp zeischt jetz aach Indresse
un bald is widder Bischermesse.
Isch glaab, der Dorschbruch is gelunge.
Mei Lob ertönt in alle Zunge.
Wer waaß, mir winkt vielleischt en Preis,
womöschlisch gar die Stockholmreis!

Singe, wem Gesang gegewwe

Wer Lust hat, kann die Versjer singe,
des duht dann noch viel schönner klinge.

Frankforder Singsang

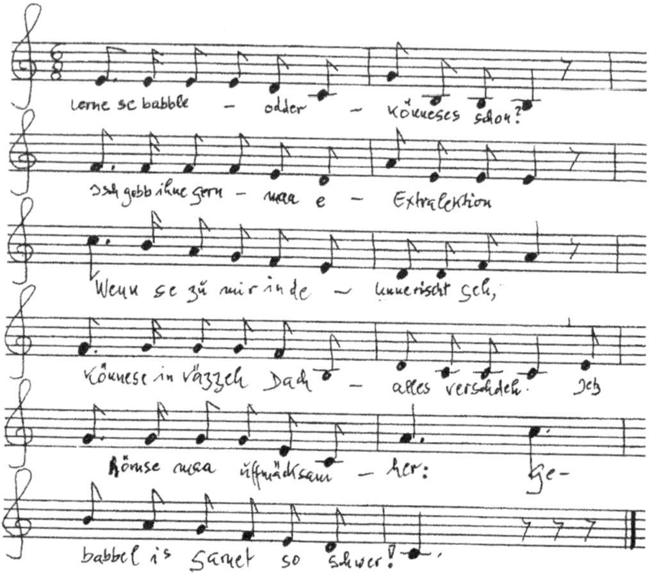

Des Eigekaafte, des kimmt in e Dutt,
en Wolgebruch haaßt bei uns en Schutt,
unser goldische Mädscher die hawwes Geriss,
awwer en eklische Kerl issen Miggeschiss.

So scheene Wörder gibts noch viel mehr,
Gebabbel is garnet so schwer!

Quante odder Maabootscher sinn große Schuh,
wer e Mordsgedääns mäscht, der gibt als kaa Ruh,
en geblotschde Abbel, der is net ganz heil,
un de Bobbes, des is eim sei Hinnerteil.

So scheene Wörder gibts noch viel mehr,
Gebabbel is garnet so schwer!

Den Refreng kennese jetz nach jedem Vers singe.

En mufflische Gast kann de Wert net ferbutze,
fer Ribbscher un Solwer, da brauch mer die Wutze,
die Ank is e merkwürdisch Wort fer Genick,
un en dorschene Handkäs is gut fer Musick.

Wenn mer ebbes verhobbast, dann duht mers verbocke,
Schobbepetzer sinn die, wo beim Ebbelwei hocke.
En Klowe uff Hochdeutsch is, glaab isch, en Schdoffel,
un Gequellde uff Hochdeutsch sinn Pellkadoffel.

Wenn ebbes wo klebt, isses aagebabbt,
wenn mer wo neidritt, is mer neigedabbt,
wenn ebbes schebb is, dann isses net grad,
un en Kuhbladdscher, naa, des is kaan Schbinat.

Wenn aaner prääwelt, dann jammerder halt,
in eim sei Schlabbe wern die Fieß eim net kalt;
wenn aaner schbinnt, isser newe de Kapp,
un wenn mer nix waaß, ja dann hält mer sei Klapp.

Bei uns säscht mer Hiwwel, un annerswo Hügel,
em Foochel sei Flitsch sinn annerswo Flügel,
krieht mer aa uffs Dubbeh, dann werd mer verhaache,
un bei Iwwelkeit hat mer'n Maa iwwerzwersch im
Maache.

Wenn mer dehaam kocht, brauch mer Dibbe und
Dibbscher,
Wenn mer dribbdebach esse geht, schätzt mer die
Ribbscher,
wenn Schluss mit lustisch is, wie säscht mer da
noch?
Jetz reischts, jetz hawwe die Bosse e Loch!

Bei uns haaßts Gelersch, bei de annern Gerimbel,
bei uns Hannebambel, bei de annern haaßts Simbel,
wenn hier aaner schläächt schwetzt, schwetzter
annerswo dumm,
un wenn hier aaner hieborzelt, fällter annerswo um.

E Kratzbäscht in Frankfort is e schdreidsüschtisch Fraa,
wer aagibt wie e Dutt voll Micke, gibt ferschterlisch aa;
e aarüschisch Werdschaft is e Bumslokal,
un wenn misch ebbes net juckt, is mer's scheißegal.

Die Eigeblaggde, die sinn net von hier,
un en Eigeblaggde, des is e aam Dier –
es sei denn, er lernt unser Frankforder Schbraach,
unner annerm: Des aa Aach un des anner Aach aach ...

Wenn bei aam ebbes dehaam is, dann isser net ahm,
bei em Bibberliesche, da werds eim net wahm,
wenns gehubbt wie gedubbt is, dann isses egal
un en Schliggser beim Singe is net ideal.

Schlambes nennt mer Erd, wenn se uffgewaascht,
wenn mer aan verebbelt, dann werd er veraascht,
en Dormel is saudumm oder verpennt,
un en Dabbes, der hat bloß zwaa linke Händ.

En gude Berscher von Frankfort am Maa
kennt Wörder wie obbedruff un unnedraa,
un mansche devoo kriehe Eigeblaggde net mit,
Wörder wie desdeweesche un bis hinnewidd.

En Gorschelschwenker, der hat immer Dorscht,
un bei de WM, da geht's um die Worscht,
e Schnedderedeng, des is e Schwatzbaas,
un mansche Männer hawwe en Schnorres unner de Nas.

Wenn ebbes ääbsch is dann isses net schee,
un wenn mer's bedabbelt, dann kann mer's verschdeh,
wenn mer nerschends mehr trocke is, dann is mer drätschnass,
un wenn mer en Motzkopp is, verschdeht mer kaan Schbass.

Gutsjer uff Hochdeutsch sinn Sießischkeite,
wenn mer en Bach nunner geht, dann geht mer pleite,
Geschnerksel uff Hochdeutsch sinn Leckerbisse,
un wenn mer bedubbst werd, dann werd mer beschisse.

Wenn zwaa sisch kabbele, dann hawwese Krach,
in Sachsehause wohnt mer dribb de Bach,
wenn Hunde gauze, dann heert mer des gut,
un e Fraa, die als schwetzt, is e Babbelschnut.

Wenn aaner zornisch werd, krieht er en Rabbel,
en Abbelkrotze bleibt iwwrisch vom Abbel,
wenn aaner Schmonses redd, isses dumm Zeusch,
un en Gorkser, des is ausem Bauch e Geräusch.

Wenn ebbes eiwennisch is, isses innedrin,
un wenn aaner Kabbes schwetzt, dann mäschts kaan Sinn,
klaane Bubscher un Mädscher, des is klaa Gewerzel,
un des Hinnerteil vonerer Ent is en Enteberzel.

Issen Schobbepetzer schdack aageduddelt,
kanns bassiern dass sei Fraa iwwer ihn schnuddelt,
isser schdernhaachelvoll kanns bassiern, was soll's,
dass sei Fraa en verhääscht middem Weljerholz.

Wenn ebbes bambelt, dann schwankts hie un her,
wenn mer's Geld verjuckelt, isses Portmonneh leer,
un fehlts eim an Eifäll als Mundartdichter,
dann krieht mer verdeppel aach die Gaasegichter.

Frankforder Schnaderhüpferln

Sie kenne die ulgische Liedscher mit hinnedraa dem Refräng „holladihi, holladiho, holladihia, holladiho“? Uff die Mellodie kann mer die folschende Versjer singe:

Dem Geede sei Werke
hat mer net all parat,
awwer gut kammer sisch merke
dem Götz sei Zitat.

Nach väzzeh Glas Ebbelwei,
da is ebbes los:
Erst geht's in de Kopp enei
un dann in die Hos.

In de Frankforder Altschdadt,
da wird jetz saniert,
des Rathaus, wo mer satt hatt,
wird abgerisse un planiert.

Vom Frankforder Schberrmill
in unsere Gasse,
deht vieles vielleischt gut
ins MMK basse.

Wenn aaner beherrscht
unser Frankforder Schbrach,
kanner saache: „Des aa Aach
un des anner Aach aach.“

Die aame, aame Frankforder,
wo in Fluchblatznäh wohne,
traache nur noch Koppherer
um ihr Schlabbohrn zu schone.

Beim Handkäs mit Musik
is die Musik erst schdumm,
die Tön komme schbäder
innedrin un hinnerum.

Im Hessische Landtaach
gilt es neue Gesetz:
erlaubt is in de Sitzunge
nur noch hessisch Geschwetz.

Will en Fremde hier wohne,
von wo er aach sei,
der muss Frankforderisch lerne,
sonst kimmt er net nei.

Uff de Buchmess in Frankfort,
des sollt mer net vergesse,
gibt's scheene neue Bischer
in Mundart aus Hesse.

Tschüss!

Wolff-Nardelli, das Gespann,
zeigt euch gerne, was es kann.

Wacker ziehn zwei alte Knacker
ihren Pflug durch manchen Acker.

Lang schon schaffen sie zu zweit,
ihre Saat blüht und gedeiht.

Freudig woll'n sie weiter ackern,
gern für Euch, Ihr Leser, rackern!

Der Autor

Hans Wolfgang Wolff, geb. 1926 in Frankfurt am Main, studierte Anglistik, Romanistik und Philosophie in Frankfurt und Grenoble. Er leitete den Sprachendienst und die Fremdsprachenfortbildung einer Weltfirma, schreibt im Ruhestand Geschichten und Gedichte, gerne auch in hessischer Mundart. Im Societäts-Verlag sind zuletzt von ihm erschienen: „Herzhaft Hessisch", „Mir rüsdische Sennjorn" und „Sondaachs im Zoo".